詩集

農で原発を止める

小関俊夫

無明舎出版

詩集　農で原発を止める◉目次

詩集　農で原発を止める

農

今日の仕事を
終えて
田に座す

ほのかに赤い空と
かすかな風が

この地に
生きる者たちを
愛でて
夕暮れる

田起し

田起しすると
畦の花が咲き
小鳥がやってくる

田起しすると
青い空に
白い雲が流れる

田起しすると
奥羽山脈の
残雪も光る

赤いトラクター
ゆっくりと
ゆっくりと
冬眠の田を
起してゆく

今年も

今年も
苗代仕事が始まる

まずは
オタマジャクシの卵塊をすくい
池に移す
トラクターで代掻し
スコップで苗床をつくる

四月の陽気は

泥を和ませ
トロトロにする
農人には
初仕事の汗をくれる

泥と汗は
柔肌の苗床をつくる
テカテカと光る苗床は
水稲の播種を待つ

今年も
残雪に輝く西山に
見守られ
農事は始まった

残雪

三月になると
みなが
田起し
　四月になると
　みなが
　代掻し
五月になると
みなが
田植する
　奥羽山脈の
　残雪光り
　人は風土になる

スコップ

深い深い朝霧
田植を待つ

畦を歩くと
色々の花々が
声をかけてくる

夏の田廻り

七月の田の草取りから
解放され
八月は軽トラックで
田廻り

奥羽の山脈に
感謝し
稲穂を
撫でる

遠くで
今日も
カメムシ防除の
白い農薬が棚引く

稲子の跳ねない田は
殺風景
夏の田廻りは
喜怒哀楽

出穂

籾が開き
うすい
うすい
黄色の花が
咲く

小さな
小さな
稲の花

稲穂は
花盛り
水田は
夏盛り

空には
入道雲

舞踏

畑の草取り
手足が
地上を這うだけ
舞踏に遠い

田の草取り
手足が
地中に潜ると
地の血の川が
舞踏させる

快楽園

田にもぐると
水の快楽
土の快楽が
侵入する

稲株をゆする
風の快楽が
波打つ
畦にねると
空の快楽が
降下する

田は
抽象の
快楽園

田の草が消えた

梅雨時は
毎日田の草取りに
明け暮れたのに
今年は
田から草が消えた

マツバイ・ヒエ
クログアイが消え
ホタルイ・コナギ
オモダカが消えて
田は稲一色になった

やっと
農薬から解放され
三十年ぶりに
田の神がやって来た
田の神の子供たちが
草取り遊戯したのか
田の草が消えた

いや
微生物が
草を食べたのか

奥羽山脈を見よ
三十年ぶりに

栗駒山の駒と
蛇ヶ岳の蛇が
山から下りてきて

田の神と
「百姓」を協議した
三者会議は
朝四時に終わった

「まだ百姓を殺すのは早い」

みんな手を取り合って
満月の田で円舞した
稲株もいっしょに

時間

初冬の
お日さまと
小豆を
打ち
大豆を
打つ
軒下の時間

スベリヒユ

夏の畑で
待っていた

戦争と
原発を
潜りぬけ
待っていた

大地の
赤い蜘蛛
スベリヒユ

旱草
スベリヒユ
血となり
宿る

小豆捥ぎ

畑に潜り
一房一房
捥いでいくと
小豆目になり

時間が止まっていた

小豆の隣りで
蓼が咲いていた
秋の陽は
奥羽の山に
落ちていた

大豆打ち

大豆がはねる
一粒の大豆も
人はつくれない
一粒の大豆を
拾うことはできる
大豆打つ軒下に
晩秋の陽がやさしい
いとおしい

大豆

日本国が環太平洋戦略的経済連携協定
に参加しようと
　大豆の種子は地に落ちた
根は地中に伸びてゆく
幹を太くして枝を出し
葉が茂って花が咲く
殻の中で豆は大きくなり
成熟すると枯葉を落とし
農人を呼ぶ

初冬の仄かな光が
軒下の大豆を照す
農人は大豆を打つ
豆は殻から飛び跳ね
収穫を祝う

遺伝子組換え大豆
人間の悪戯で操作された
一人ぼっちの大豆
農人を知らない

商社の倉庫で泣く
悲哀な大豆をつくるな

転がる

茶碗一杯の大豆を
紙箱の中で転がす

虫喰い大豆
病気の大豆
転がらないので取り除く

丸い大豆だけ並ぶ
紙箱をゆすると
一斉に転がり出す
運動場を駆け回る

小学生のようだ
土から生まれた
大豆の球体
転がる転がる

「転がる」は
大豆から生まれた
地球も転がる

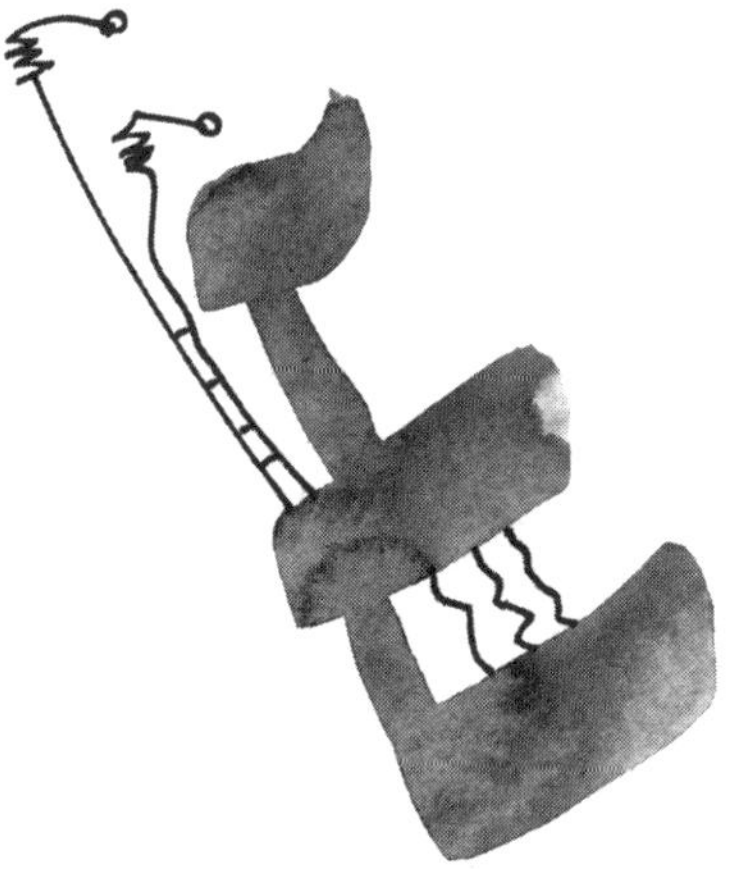

生きのびる

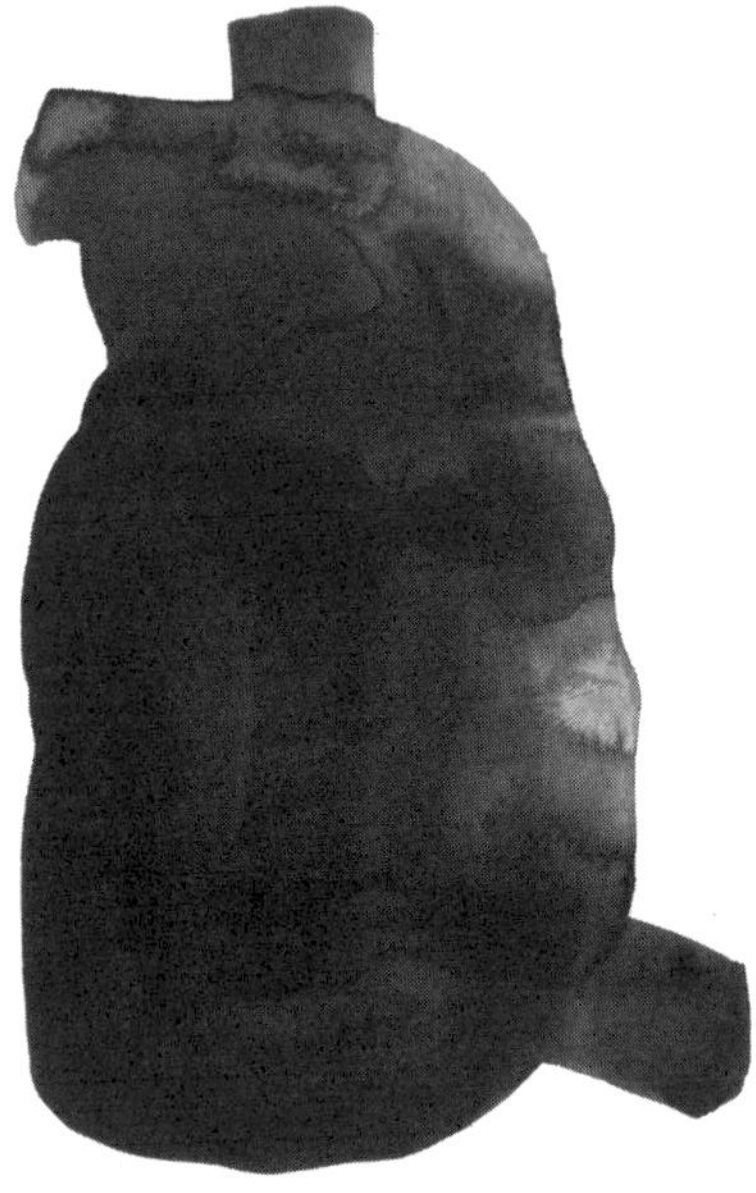

米価下落
米価下落

奥羽の青山
仰ぎ
秋の綿雲
接吻すれば

農人
黄金の稲田に
潜り
稗を刈る

女房

畑にいると
田にいると
女房は
美人になる

街に出ると
普通の女

すっかり
女房は
百姓美人

空が青いと
ますます
百姓美人

沢庵

晩秋の軒下で
天気を吸収し
白から
黄色に色づく

厳冬の沢庵
水色の皿に盛られた
みんな形がちがい
落葉の山のようだ

一枚いただく

バリバリ・サクサクと
沢庵が歌う
私の森の内で

沢庵は
天と地の
腐葉土

冬の夕餉

金平牛蒡
辣韮の醤油漬け
高菜漬けの煮物
セロリのサラダ
聖護院大根の漬物
蒸し大豆
そして
麦秋の饂飩
醪と味噌の焼きお握り

冬の夕餉

家族が種子を落とし
宇宙が育む
多彩な産物

外は雪
冬の夕餉が
雪に舞う

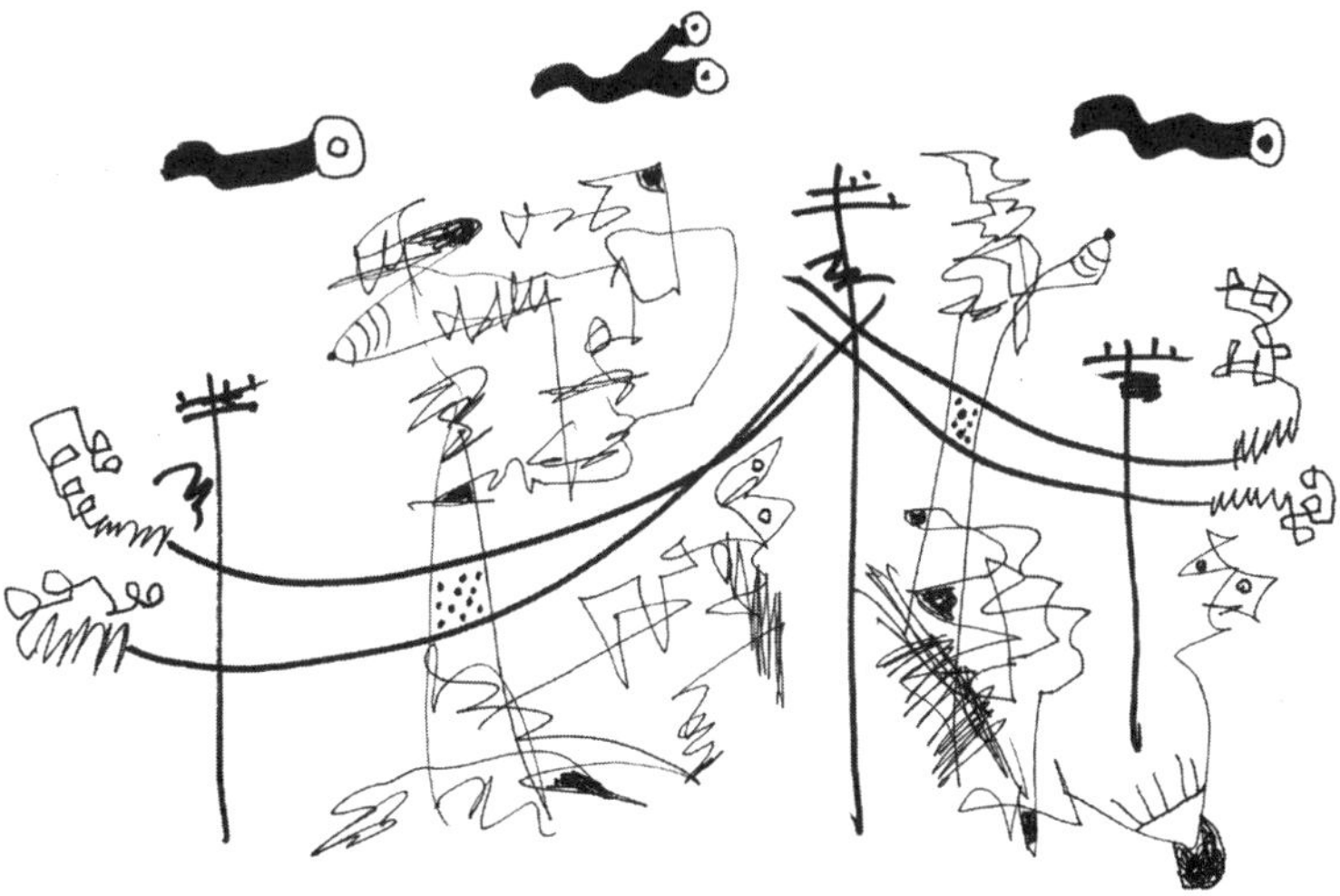

農で原発を止める

神も仏も
人工物には
手を出せない

人が造った原発だから
人が止める

農は人の原点

二十世紀
農を捨てた人
原発を造った

二十一世紀
農人が原発を止める

汚れちまった人間

人間は
強い生物でも
弱い生物でもない
文明と共に
汚れちまった生物

一粒の種を大地に落とせ
　稲になるか
　麦になるか
　大豆になるか
汚れちまった人間よ

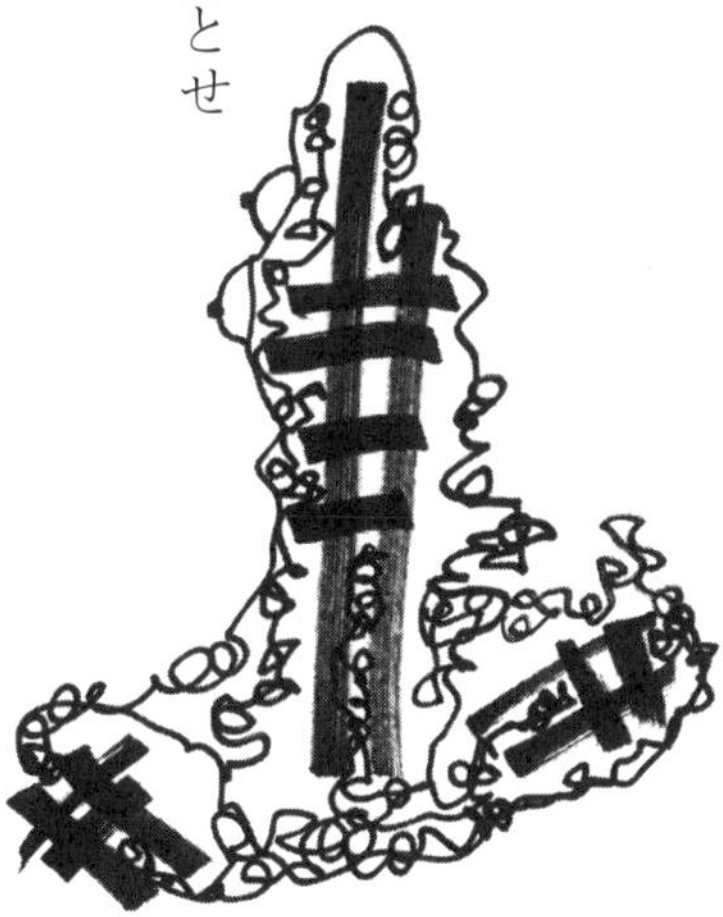

憲法

人と人との間に
憲法がある

人と植物の間に
憲法はない
人と動物の間に
憲法はない

人と空
人と大地
人と海の間に

憲法はない

人類は一方的に
地球を破壊している

今こそ
地球と人類の間に
憲法を樹立しなければ
地球生命体は滅亡する

虫に草に
万物に
手を合わせる憲法を

日本国憲法

風雪に耐え
猛暑に耐え
日本列島隅々まで
日本国憲法は根を張る

日本国政府は
日本国憲法の
根を切ろうとしている

根が切られると

民の清血は吸い上げられず
枯れてしまう

日本国憲法が倒れると
日本列島は暗黒の地

暗黒の地から
生まれるのは
夜行性の獣

獣は増殖し
戦艦で海を渡る

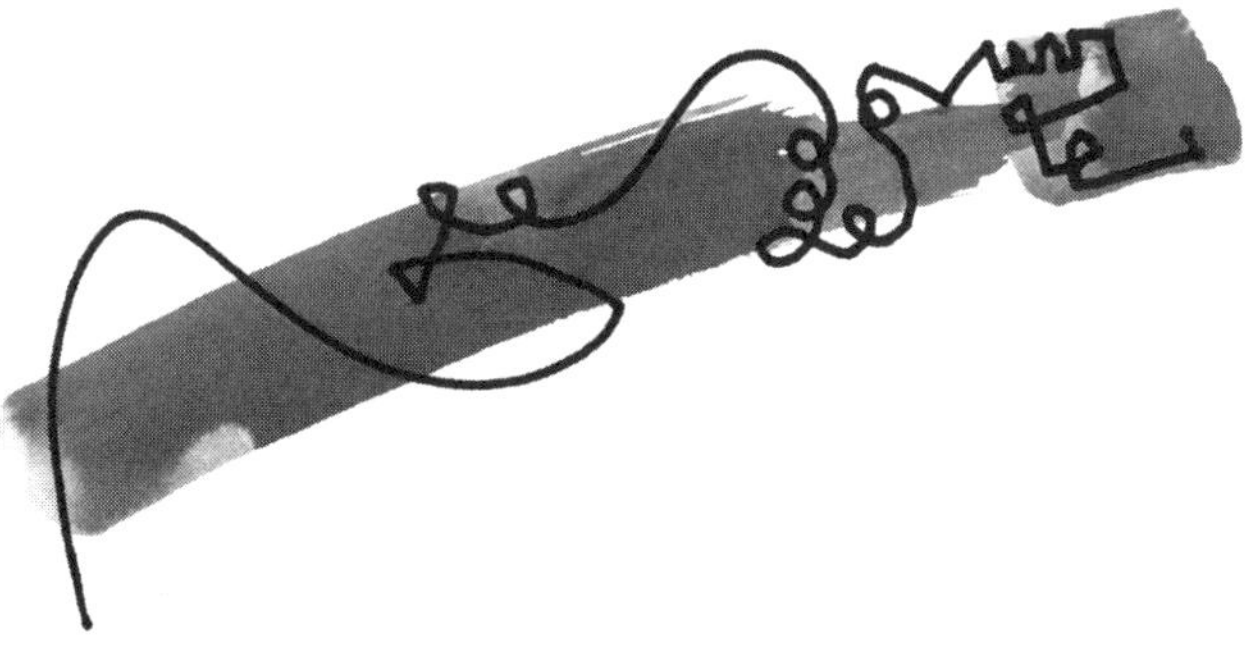

一粒の玄米を噛みしめて

自民党に清き一票を入れた農民が
自民党に殺される
皮肉な世
減反に協力し
何とか農業を営み続けてきた
民主党は個別所得保障政策で
小中農家を支援してくれたが

自民党は
小中農家は農業をやめてください
これからは大規模農家を育成し競争させますので

いずれ
大規模農家も破産し
多国籍企業に吸収されます
農地は略奪され
食料（飼料）すべて多国籍企業が支配します

農民は
農地を失った現代奴隷です

銭の構図は
単純でいいですね

皆殺し農業

大型機械で
土を痛めつけ
ネオニコチノイド系農薬で
土を殺す
田畑の生物
すべてを殺す

天の気も
地の気も
殺す

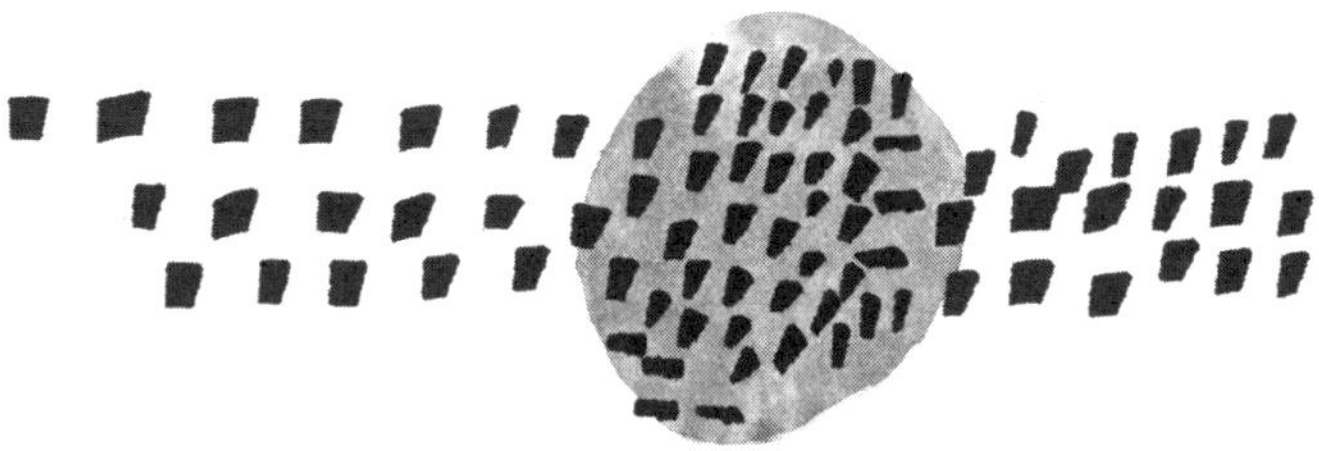

種子は遺伝子組換え作物
皆殺し農業の果てに
広大な砂漠が拡がる
皆殺し農業は
水の惑星を枯渇する

「水をくれ」
「水をくれ」

昼寝

娘にもらった
小さなＣＤプレーヤーから
長渕剛の魂の歌が流れる
　音量を低くして
ラムと二人で昼寝

日本に生まれた
ガーベラ
六月の鯉のぼり
　ＮＡＴＵＲＡＬ　ＡＭＥＲＩＣＡＮ
ＳＰＲＩＴ一本吸い終る

カモメ
　晴れた二月
　田んぼに漁船が座り
　どこまでも青い海を見ている
　請戸の港
「原発さえなければ……」
　眠りに入っている

明日をくだせえ
ひとつ
しあわせの涙
Ｒｕｎ　Ｆｏｒ　Ｔｏｍｏｒｒｏｗ
愛しき死者たちよ
Ｓｔａｙ　Ａｌｉｖｅ

ラムはどの曲で眠るのか

雨の日も晴れの日も
種播きの日も
田起しの日も
田植えの日も
稲刈りの日も
農の四季の
昼寝は長渕剛

長渕剛に寄せて

遺伝子組換え生物

宇宙は
一粒のマメや
一粒のコメ
一粒のムギ
をつくり
ヒトに与えているのに

人は
政治をつくり
経済をつくり
科学をつくり
感謝を忘れ
宇宙に刃向かう

植物工場

宇宙論よりも
今日の吹雪が問題
でも
吹雪が去れば
月も出る
明日には
太陽も出る

しかし
大地から大空から
隔離された
植物工場が問題だ

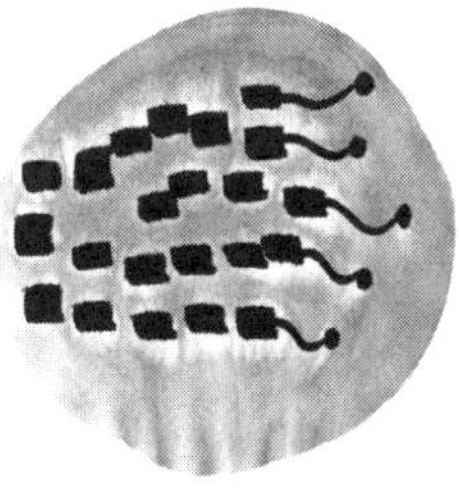

私は土着の人
土着の植物を食べて生きる
土着で死んで
植物の肥になる

土のない植物が
泣いている
植物工場

人の血も消えた
植物工場

日本

日本国中
奴隷だらけ
首から
ポイントカードを下げた
奴隷だらけ

見えない鉄鎖に繋がれ
今日も
行列する
首が消え
ポイントカードが歩く

一ポイント増えて
カードだけが
光り輝く
奴隷の国
日本

第三次安倍内閣

原発再稼動
原発輸出
原子力経済に鎚る
福島原発事故の悲劇は
虚構の映画か

戦争の道も
開門した
南京大虐殺
沖縄戦
太平洋戦争の敗戦は

虚構の映画か

環太平洋戦略的経済連携協定
農業が滅び
医療が滅び
福祉国家が滅ぶ
貧困と格差の国へ

第三次安倍内閣は
資本主義終焉の道を暴走する

地球は資本主義の終点で待っている
第三次世界大戦が勃発しない事を祈って

貧困

農薬
化学肥料
機械化
近代農業は
米価下落を産んだ

それでも
増産意欲は消えず
農人の主体性は
まだ在った

米余りと言われ
減反にも協力してきた
いつか
「米」の時代が
また来ると信じて

しかし
二〇一四年
日本は農人を捨てた

農人のいない
日本の風景から
貧困は始まる

資本主義よ

山が見えるか
海が見えるか
空が見えるか

人間界を
浮遊するあなたには
見えない

資本主義よ
あなたは崩壊する
人間界の犠牲者だ

あなたは
人類を
道連れに
現世を去る
権利がある

悪政

雨の日
何を思う
原発を思う

晴れの日
何を思う
ＴＰＰを思う

曇りの日
何を思う
特定秘密保護法を思う

悪政は
天気も汚す

雪の日
雪を思いたい

絶望は絶望

いつの世も
絶望はあった
人の絶望は
地球が呑みこんでくれた

しかし
二十一世紀
人類は絶望を
希望に塗りかえた
赤と黄色の
油性ペンキで

人類の虚飾は
絶望の樹を産み
地球に植えた

絶望は絶望

指定廃棄物最終処分場

奥羽山脈から流れくる
恵の水で
山のお百姓さんも
田のお百姓さんも
海のお百姓さんも
生かされてきた

奥羽山脈に
指定廃棄物最終処分場が
建設されたら
恵の水は

放射能で汚染され
お百姓さんは死んでしまう

大崎耕土に立ち
奥羽山脈に手を合わせ生きる
春に田植
夏に除草
秋に収穫
冬に冬眠

四季に生きる
農の営みを
指定廃棄物最終処分場は
私から奪う

雨あがり

灰色の雲
白い雲間に
青い空を入れ

空の存在と
空の変化を
表現する

夕暮れに
紅く雲を染めて
山を開ける

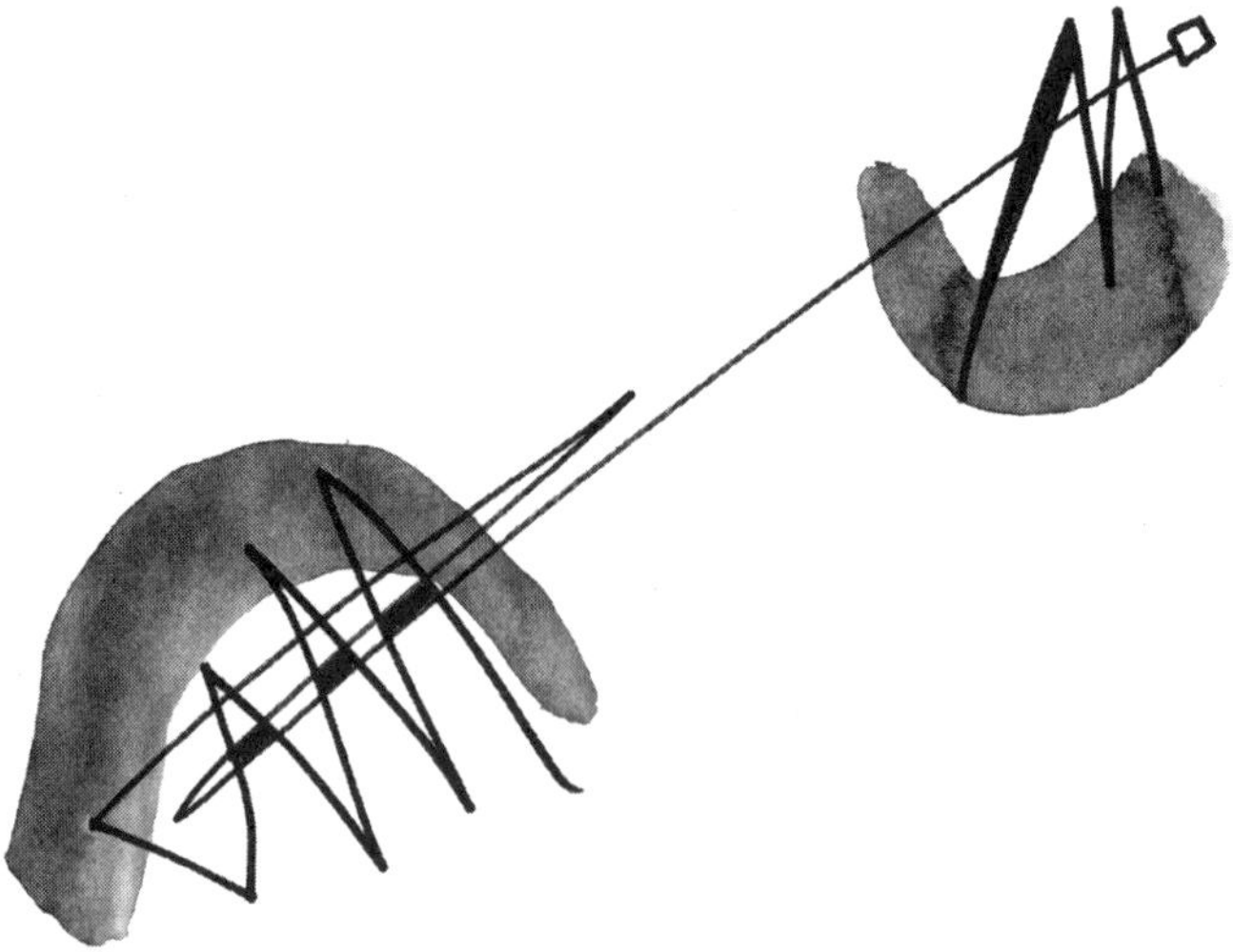

冬の朝

東の空が
ブルーになると
ピンクの雲がやって来て
雪が上がる

風も去り
屋根の雪が
白い立体を
主張すると

雀がざわめき
陽が登る

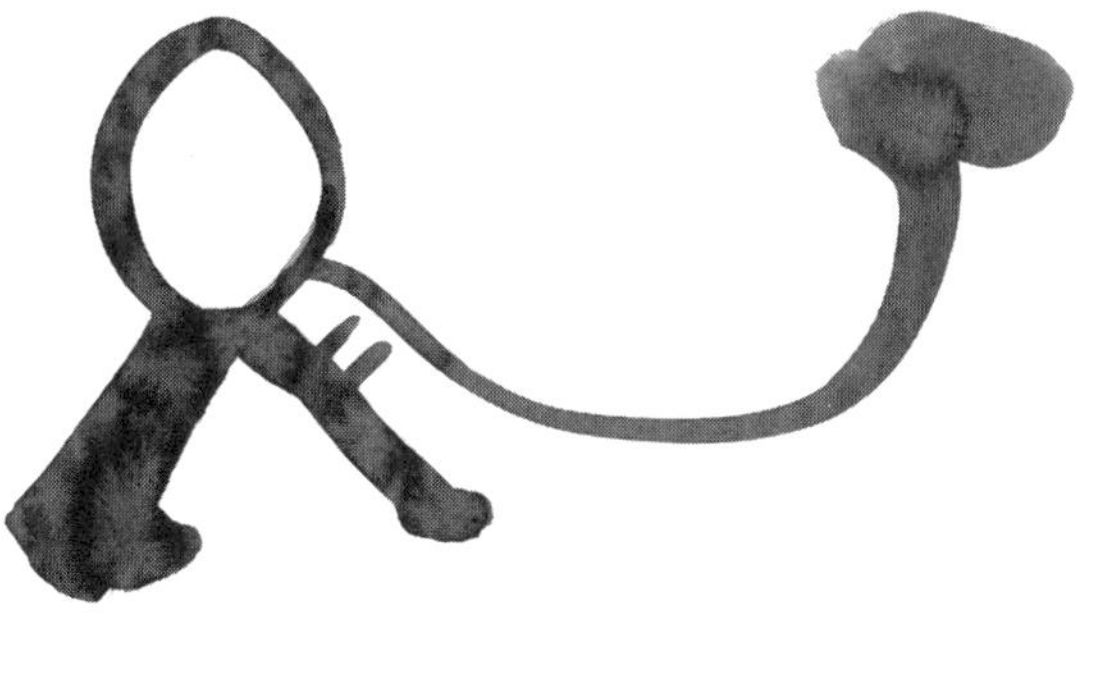

ダムに感謝

川を殺す
水が死ぬと
石も死ぬ

ダムに感謝
三途の川も
消えてゆく

彼岸のない川に
天国も
地獄もない
この世はハーレムだ

愛犬

ラムとイヌの為に

美田を
放射能で
汚させない

美山を
放射能で
汚させない

美空を
放射能で
汚させない

最後の先住民
アマゾンのピダハン

独自の言語をもつ
狩猟民ピダハン
アマゾン川の辺で生きて来た
ピダハンに「神」はない
外国人を「神」という

今
電気があり
テレビがある
学校があり
公衆便所がある

最後の先住民
ピダバンも
「神」の支配に
平伏すか

悲しい地球

師走の満月

昼の吹雪も
おさまり
満月が浮いている
電線の上に

電柱は
黒いオブジェとなって
白い地に立っている

師走の満月は
白黒の地上に
赤い涙をそそぐ

治山治水

山ノ霊ハ水ニ宿シ
海ヘト運ブ
海ノ霊ハ雨ニ宿シ
山ヘト灌グ

天地ノ循環ニ
人ハ田畑ヲ持ッテ
位置シ
治山治水ヲ発シタ

悠久ノ流レニ
治ハ無イコトヲ
知リナガラ

田中正造に寄せて

道

愚カラ霊ヘノ道ヘ
我モ
田ニ座シテ
地ノ根ト天ノ気ヲ
吸収シ
合流シタイ

蓑ト草鞋ハ
無イケレド

田中正造に寄せて

お盆

二十一世紀
核の文明に人類は終り
地球に平安が訪れる

先祖を導く
松明もなく
祭りの花火が煩わしい

花火の音が
原発の爆発音に
きこえてくる

でも
お盆の田は
稲の花盛り
緑の籾が開いて
白い花が咲く

お盆に踊って
受粉する
一粒の精霊を入れて
籾を閉じた

葬式の外の風景

黒い喪服の男と女
百人はいるだろうか

空を見ると
小鳥が三羽寺の桜で鳴いている
鳶が風にのって杉林に消えた
大きい雲が小さい雲達をつれて
本堂の上を流れていく

地を見ると

砂利の中から小さな草が出ている
葬式だから抜かれることもない
黒い革靴の下の草は
葬式が終わるまで踏まれる

喪服の黒い集団を見ると
どの男も醜い
どの女も醜い
なぜ醜く見えるのか
空と地を見た所為か
人なのに生物に見えない

葬式は
風景をゆっくり見せてくれる

いつも葬式

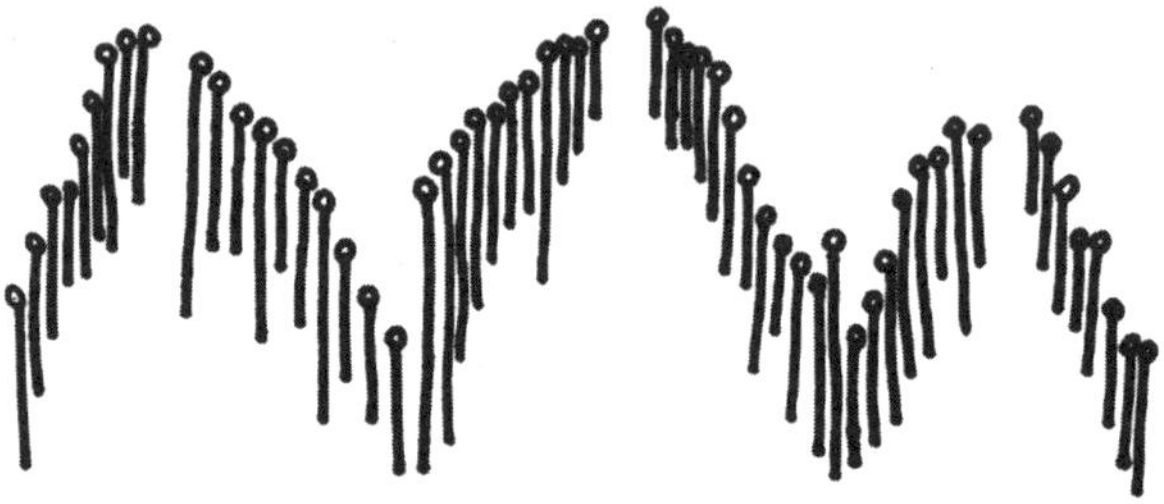

熊は
銃で殺される
狸は
車に殺される

昆虫は
農薬で殺される
川は
ダムに殺される

すべて
人工物に殺される
そして
人間も

現実

原発に
反対しても
原発を
推進しても

北極
南極の
氷は
とけていく

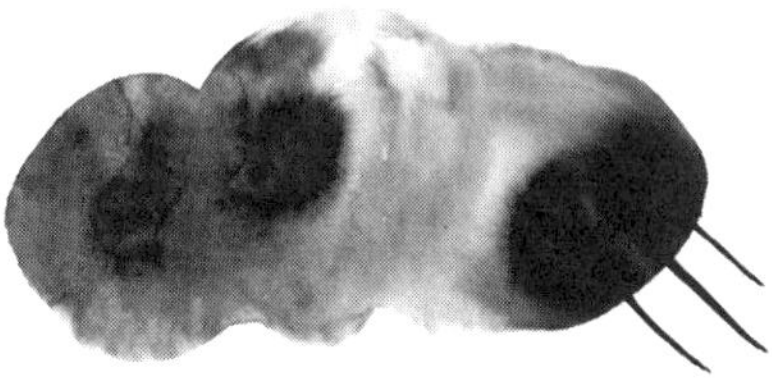

二月の快晴

雪田に立ちて

栗駒山を登る自分を見る
山頂直下の雪原を登る自分を見る
月山・鳥海山
尊厳な独立峰に
合掌する自分を見る

飛んで
船形山・蛇ヶ岳の
雪稜を走る自分を見る
そして
水源の森で憩う自分を見る

二月の快晴は
奥羽の山々に
我身を運ぶ

雪田に
二月の案山子

新緑と残雪

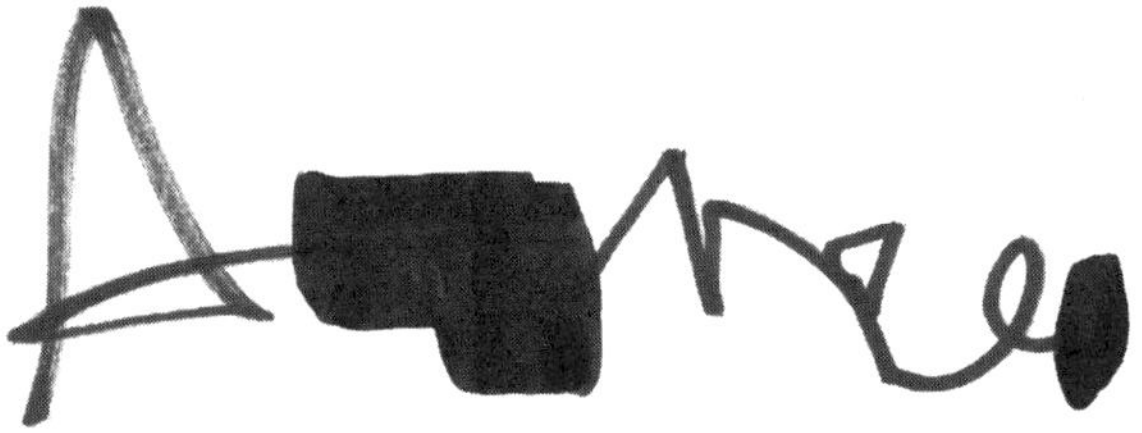

空をおおい
風にそよぐ
緑の生物
新緑

地にべったりと
張りつく
白い生物
残雪

残雪は
新緑の
懐に
融けてゆく

峠

博愛は不在
自由も不在
平等は
死に在る

峠の
お地蔵さん
今日も
にこにこ

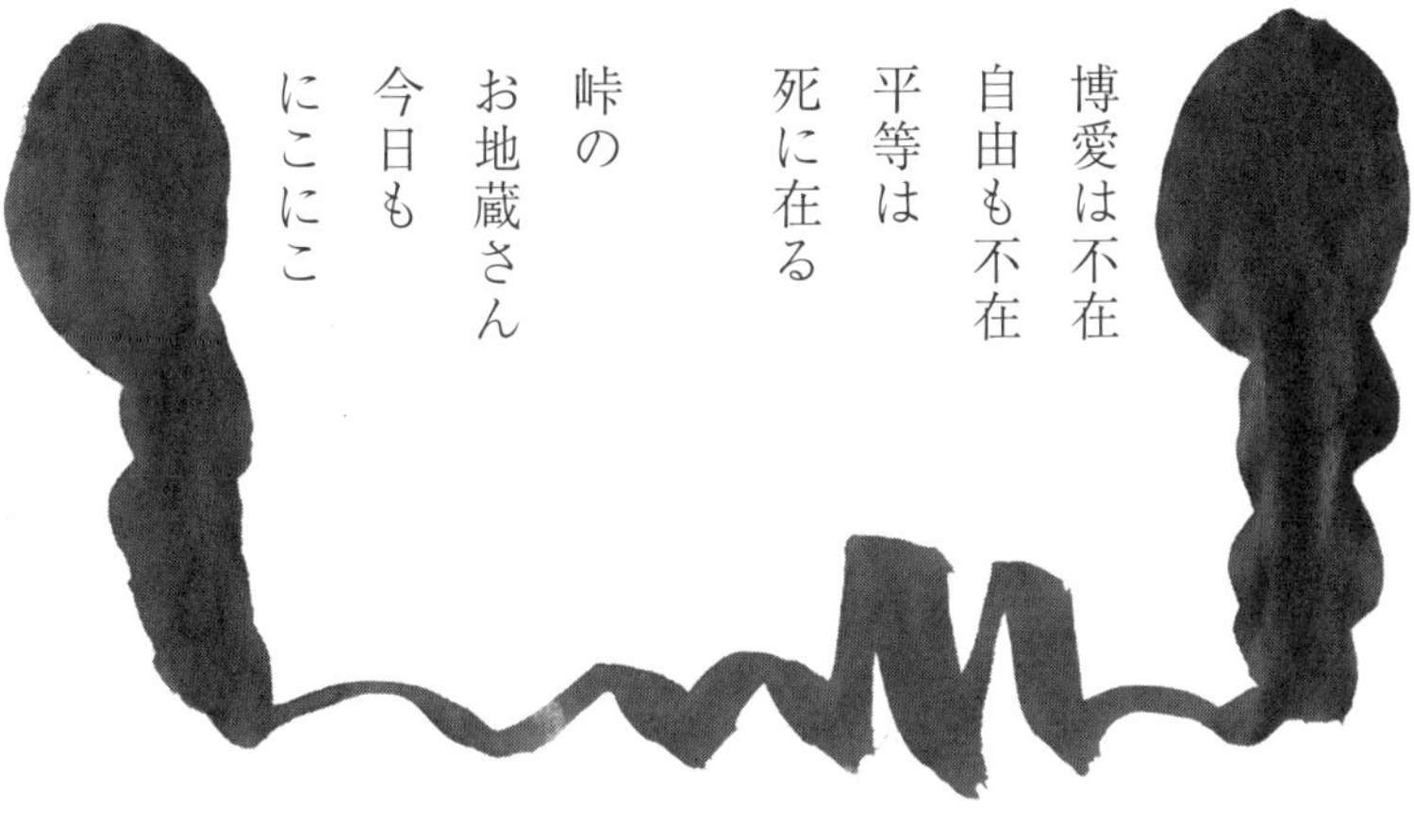

春

空から
太陽が降りて
雪を暖め
山々を起す

山々は
緑の炎を上げ
雪の割れ目から
豊穣の出産を
始めた

雪代が
谷を走り
山々の
豊穣の出産を
里に知らせる

この地で

原発事故
ＴＰＰ
憲法改正
口にすると
悲しくなるから

この地と
この地の上の空
だけ見て行こう

奥羽の山々に
見守られ
田に生きる
幸福だけは
離さない

銃を向けられたら
農人で死ねる
幸福もやってくる

夏の夕暮れの風

風は
灰色の空から降りてきて
３６０度
凡ての角度から
木々を揺らす

枝々は
手足のように踊りだす
西風は根も震わせ
森は
歓喜の神楽

風者が見える

空が
桃色に染まる頃
風者は
木々を撫でて
山へ帰る

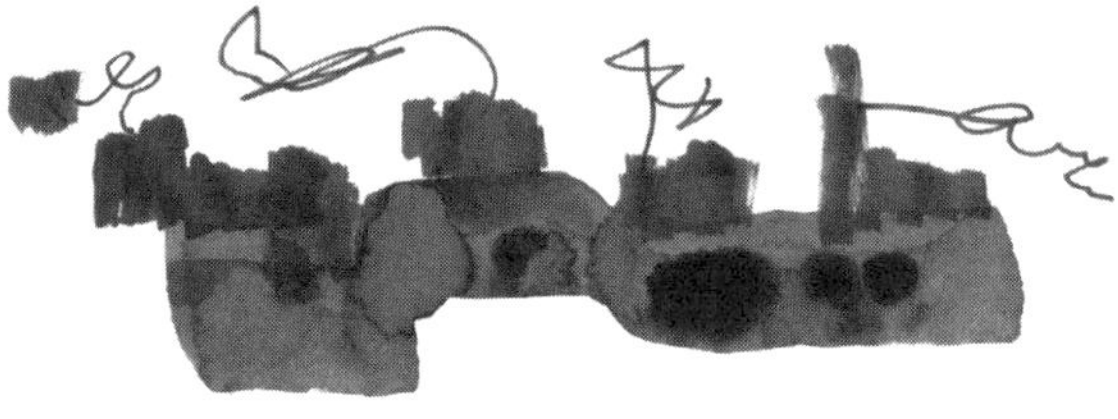

雪よ

西山からやって来た
雪よ
熊は冬眠したか
テンは雪面を走っているか
ウサギは逃げきっているか
　今年は橅の実が
　不作だったからな

橅の森は元気か
衰弱した樹はいないか
母樹を亡くした家族はいないか
　吹雪の後の陽だまりで

　　背伸びしな
撫平の大王撫と
花染撫の夫婦は
仲良くしているか
　　黒森撫が土に帰り
　見守っているからな

雪よ
撫の森が
空を分割する線の
必然芸術が見えるよ

雪よ
今日は

我家の屋根で
おやすみ

雪よ
春になれば
海に行けるよ
夏には
西山に帰れるから

雪と水

船形山の雪と
栗駒山の雪が
空で相談していた

船形山の水と
栗駒山の水が
海で相談していた

指定廃棄物最終処分場
建設問題を

大王樵

黒森樵
花染樵
夫婦で樵平を守った
黒森が倒れ
花染の色気が消えた

黒森の影から
太く勃起し
空に向かう大王橅

橅平の
新たな空が
始まる

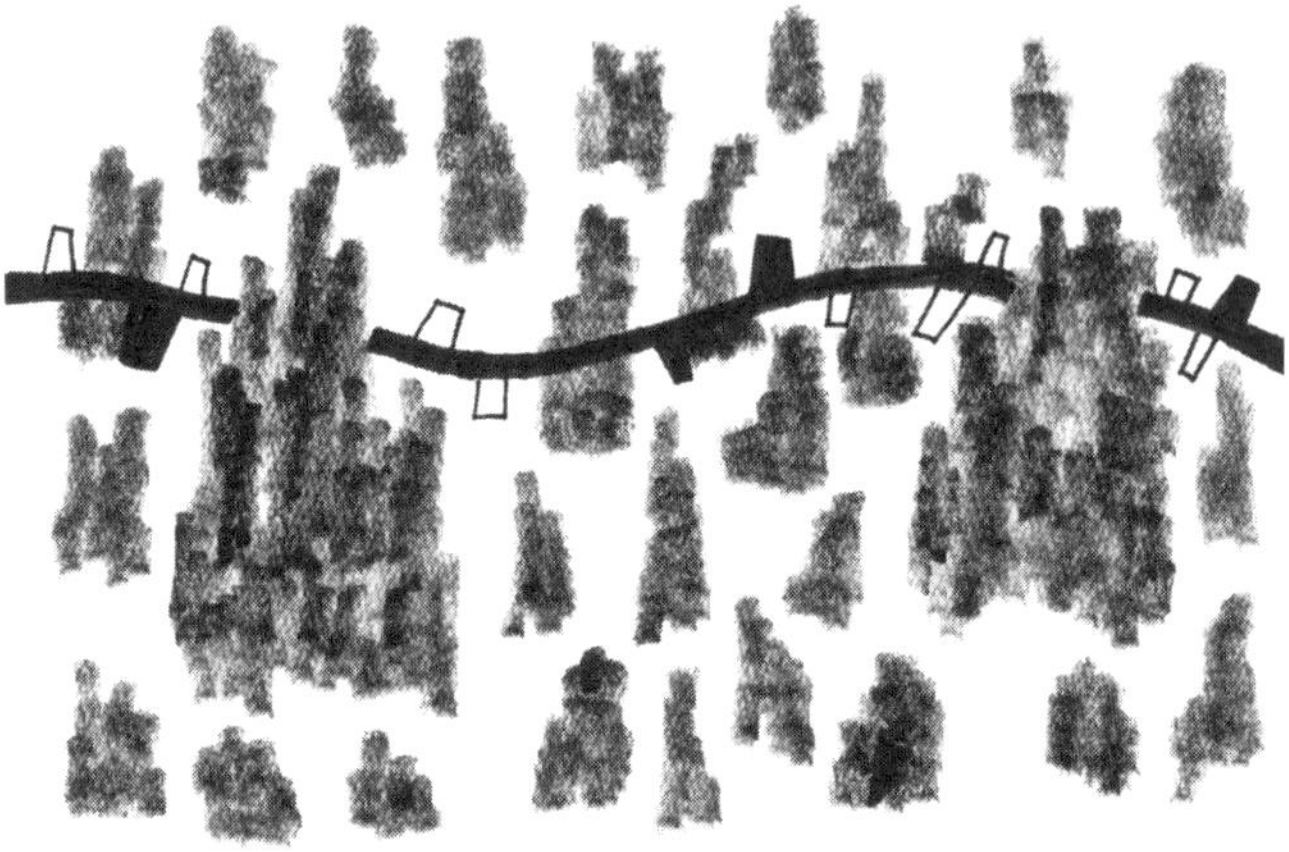

冬の橅平

吹雪
森は全身を揺さぶり
ゴーゴーと音を出す
腕を捥がれた木は
バリバリと悲鳴を上げる
冬芽の枝々は
吹雪を游ぎ切る

大王橅と花染橅
吹雪に直立し

撫平を見守る
「一日は続くか」と
花染撫の手を取る

吹雪が去り
陽だまりに笑顔が集い
森は賑やかになる

大王撫は厳粛に
各々の家族を点呼する

森の影が
長く長くのびて行く
冬の撫平

冬の七ッ森

乱立する木々
乱れた線が集団となって
岩の壁も這い上がり
山を覆いつくす
魔界の生物か

松倉山から始まり
撫倉山・大倉山
鉢倉山
沢を渡って
鎌倉山
遂倉山を覆い
遠方に鎮座する
笹倉山へと翔る

冬の七ツ森は
魔界の造形

風

春色に染まり
夏色に染まり
秋色に染まり
冬色に染まる

風は色

一発

ケネディのように
ジョン・レノンのように
一発で
死ねたら
幸福だ

これから訪れる
人類の不幸に
さようなら

一発の世は
まだ
平安だ

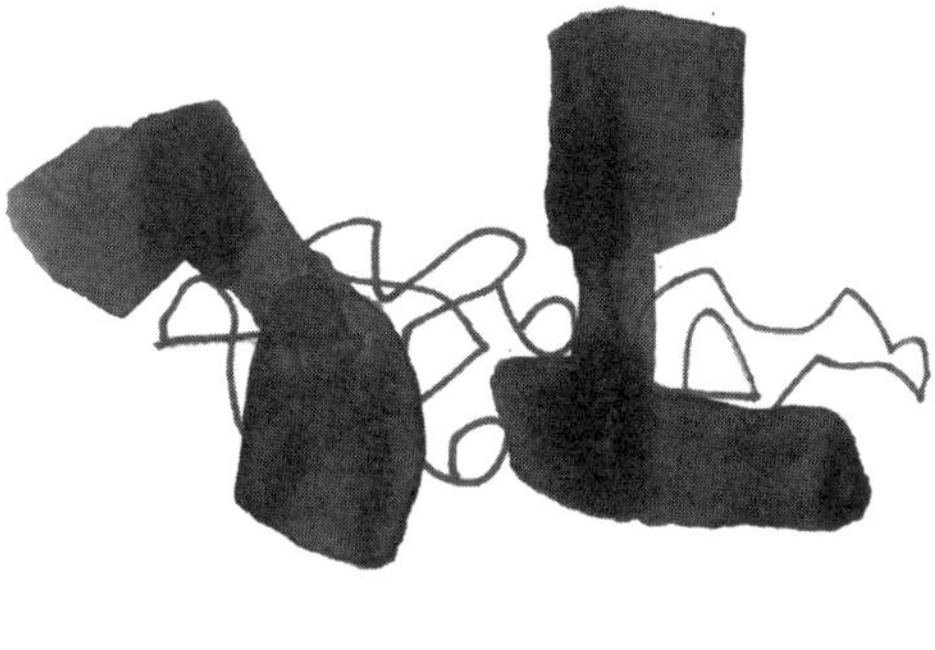

独立

沖縄よ
日本から
独立せよ

日本よ
アメリカから
独立せよ

空が
海が
山が
青い時間

あとがき

東日本大震災そして東京電力福島原子力発電所の事故から四年が経とうとしています。

原発事故で多くの方々が避難生活を強いられています。

自殺された方々も多くいます。

心身共に困窮した人々を顧みようとしない安倍政権の原発再稼動、原発輸出促進への政策に非常な憤りを感じ、「農で原発を止める」を出版することにしました。

指定廃棄物最終処分場建設問題も出てきました。


国の根幹である農業を捨てれば日本国は亡びます。

そして人類への地球の怒りが爆発したら世界も亡びます。

早く原発を止めないといけません。

収穫（泥の会）に毎月投稿させていただいた詩を中心に編集させていただきました。

第三詩集出版までこぎつけたのも泥の会主宰の中川嘉一さんのお蔭と思っています。ありがとうございました。

また「農で原発を止める」出版にあたり、芳川良一君には詩とスケッチの構成など協力していただき、非常に感謝いたします。

第三詩集も無明舎から出版できることを光栄に思います。

日頃農作業のかたわら思索に耽るわたくしを温かくみまもってくれた家族に、あらためて、心秘かに謝辞を呈したいと思います。

最後に、出版直前にジャーナリスト後藤健二さんが殺害されるという事件が起きました。安倍政権のあらたな犠牲者が出ました。

まことに残念なことです。

彼の死が世界平和につながる事をお祈りします。

二〇一五年　冬

小関俊夫

著者略歴

小関　俊夫（こせき　としお）

1948年　宮城県大崎市三本木に生まれる
1983年　船形山のブナを守る会世話人代表となり、現在に至る
2011年　「詩集　稲穂と戦場」（無明舎出版）
2013年　「詩集　村とムラ」（無明舎出版）

詩集　農で原発を止める
定価［一八〇〇円＋税］

二〇一五年三月一日　初版発行

著　者　小関俊夫
発行者　安倍　甲
発行所　㈲無明舎出版
秋田市広面字川崎一一二―一
電　話／（〇一八）八三二―五六八〇
FAX／（〇一八）八三二―五一三七
印　刷　㈲ぷりんてぃあ第二
製　本　エーヴィスシステムズ

ISBN978-4-89544-592-4